달이 떴다고 전화를 주시다니요

달이 떴다고 전화를 주시다니요

김용택의 사랑시 모음

마음산책

달이 떴다고 전화를 주시다니요

김용택의 사랑시 모음

1판 1쇄 발행   2021년 12월 15일
1판 8쇄 발행   2024년 1월 15일

지은이   김용택
펴낸이   정은숙
펴낸곳   마음산책

편집   성혜현·박선우·김수경·나한비·이동근
디자인   최정윤·오세라·한우리
마케팅   권혁준·권지원·김은비
경영지원   박지혜

등록   2000년 7월 28일 (제2000-000237호)
주소   (우 04043) 서울시 마포구 잔다리로3안길 20
전화   대표 l 362-1452 편집 l 362-1451   팩스 l 362-1455
홈페이지   www.maumsan.com
블로그   blog.naver.com/maumsanchaek
트위터   twitter.com/maumsanchaek
페이스북   facebook.com/maumsan
인스타그램   instagram.com/maumsanchaek
전자우편   maum@maumsan.com

ISBN   978-89-6090-719-5 03810

* 책값은 뒤표지에 있습니다.

달이 떴다고 전화를 주시다니요
이 밤 너무 신나고 근사해요

시인의 말

나의 사랑시를 좋아해주는 사람들이 많아 시들을 한데 모아 정리해야겠다는 생각은 오래 하였으나, 선뜻 그렇게 하기가 쉽지 않았다. 그러나 살다보면 지금 아니면 언제? 하는 계기가 있고 결심이 설 때도 있다.

시들을 선정하고 몇 번씩 꼼꼼하게 읽었다. 내가 쓴 시들이지만, 오래된 시들이라 어색한 구절들도 더러 있어 다듬어보았고, 맘에 걸리는 제목들도 몇 편은 바꾸어보았다. 의외로 시가 좋아지기도 해서 마음이 놓였다. 그때는 그게 전부여서 그때 그 세세하고 절박한 감정들이 다칠까봐 조심하였다.

1부에는 요즘 쓴 다섯 편의 시를 포함했다. 내가 찍은 사진 몇 장도 본문에 실어보았다.

시들을 모으면서, 많은 생각들이 되살아나고, 지나가고 또 이렇게 새 시집으로 남아 새삼스럽다. 누군들, 그 누군들 사랑과 이별의 아픔과 괴로움이, 그것이 가슴 저리게 아름다웠던 날들이 어찌 없었겠는가. 사랑은 늘 새로 태어나는 말이고 그 말이 날개를 다는 일이다. 그러니까 그리하여 그리고 나의 한 시절 그 노래들은 '모두 우리처럼' 되었다.

알아요

강이 있는

작은 들판을

다 가진 듯해요

푸르른 날의

모두가

우리처럼

— 나의 시, 「모두 우리처럼」 전문

2021년 12월

김용택 씀

차례

시인의 말 7

1   그때 나는 외로움이 싫었어 17

가을 엽서 19

파장 20

그 맘을 알아요 21

모두가 우리처럼 22

달이 떴다고 전화를 주시다니요 23

어쩐다지요 25

인생 26

푸른 하늘 27

그리움 28

현기증 29

들국 30

초가을, 서쪽 33

초가을 편지 34

가을 35

짧은 해 38

저 들에 저 들국 다 져불겄소 39

해 지는 들길에서 41

나를 잊지 말아요 43

달 45

속눈썹 46

입맞춤 47

2   흰 손 51

그랬어요 52

먼 산 54

바람 55

적막 56

오늘 하루 57

산은 그려지리 58

내 사랑은 61

첫눈 62

단 한 번의 사랑 63

우화등선 64

그대 없을 때 65

오! 내 사랑 68

연애 70

빗장 71

그이가 당신이에요 73

그래서 당신 76

눈 내리기 전에 77

미처 하지 못한 말 78

슬픔 79

그러면 80

서시 81

3   섬진강 매화꽃을 보셨는지요 89

참 좋은 당신 91

봄밤 92

새잎 96

다 당신입니다 97

매화 98

지금 99

별일 101

오월 102

봄날 103

선암사 104

나비, 다음에 꽃 105

그대에게 가는 길 106

6월 108

절정 109

거기 가고 싶어요 110

한낮의 꿈 111

그 꽃집에 그 꽃들 112

만화방창 113

그 나무 116

그대, 거침없는 사랑 117

속 두고 한 말 120

꽃 한 송이 121

초봄 122

우리의 봄 124

그리운 꽃 편지 126

만월 127

말이 되지 않는
그리움이 있는 줄 이제 알겠습니다.

1

그때 나는 외로움이 싫었어

눈을 뜨고
깜짝 놀랐어.
어?
방이 너무 환한 거야.
달이야, 달
창밖에 달이야.
달이 떠 있었어.
정말 달이 밝았어.
밖으로 나갔어.
앞산이 환하게 들여다보이는 거야.
달은 서산에 있었어.
그때였어.
어디서 많이 본 것 같은 누가
마당에 서서 달을 보고 있는 거야.
그가 나였어.
내가 잘 아는 내가
거기 서 있었던 거야.
지금의 내가 그때 나에게 말했어.

달이,

오래전

달이 머무는

그때 나는 외로움이 싫었어.

가을 엽서

날이 좋았어
바람이 불었지
바람은 늘
너를 실어다가
여기다 내려놓고 간다니까
그리고 한참 있다가
도로 데려가
또 오겠지
하고, 기다려
가을에는
그 강에서

파장

네 마음 어딘가에 티끌 하나가 떨어져도 내 마음에서는
파도가 친다

그 맘을 알아요

이리 와 앉아봐요
쑥들이 돋아나지요
가만, 움직이지 말아요
그 손은 이리 주세요
말도 입안에 두고
잠시만 참아봐요
지금 무슨 생각하는지
지금은 그냥 그 생각으로
각자
웃게요

모두가 우리처럼

알아요
강이 있는
작은 들판을
다 가진 듯해요
푸르른 날의
모두가
우리처럼

달이 떴다고 전화를 주시다니요

달이 떴다고 전화를 주시다니요
이 밤 너무 신나고 근사해요
내 마음에도 생전 처음 보는
환한 달이 떠오르고
산 아래 작은 마을이 그려집니다
간절한 이 그리움들을
사무쳐오는 이 연정들을
달빛에 실어
당신께 보냅니다

세상에,
강변에 달빛이 곱다고
전화를 다 주시다니요
흐르는 물 어디쯤 눈부시게 부서지는 소리
문득 들려옵니다

어쩐다지요

오직 한 가지
당신 생각으로
나는
날이 새고
날이 저뭅니다
새는 날을 못 막고
지는 해를 못 잡듯
당신에게로
달려가는
이내 마음 어쩌지요
어쩐다지요
나도 말리지 못합니다

인생

사람이, 사는 것이
별건가요?
눈물의 굽이에서 울고 싶고
기쁨의 순간에 속절없이
뜀박질하고 싶은 것이지요

사랑이, 인생이 별것인가요?

푸른 하늘

오늘은 아무 생각 없고
당신만 그냥 많이 보고 싶습니다.

그리움

해 질 녘에
당신이 그립습니다

잠자리 들 때
당신이 또 그립습니다

현기증

몽롱해집니다
피곤하고 졸리운데
당신이 내 가슴에 한없이 파고드시니
대체, 여기는 어디랍니까

들국

산마다 단풍만 저리 고우면 뭐 헌다요
뭐 헌다요. 산 아래
물빛만 저리 고우면 뭐 헌다요
산 너머, 저 산 너머로
산그늘도 다 도망가불고
산 아래 집 뒤안
하얀 억새꽃 하얀 손짓도
당신 안 오는데 뭔 헛짓이다요
저런 것들이 다 뭔 소용이다요
뭔 소용이다요, 어둔 산머리
초생달만 그대 얼굴같이 살아나면 뭐 헌다요
마른 지푸라기 같은 내 마음에
허연 서리만 끼어가고
저 달 금방 져불면
세상길 다 막혀 막막한 어둠 천지일 턴디
병신같이, 바보 천치같이
이 가을 다 가도록

서리밭에 하얀 들국으로 피어 있으면
뭐 헌다요, 뭔 소용이다요

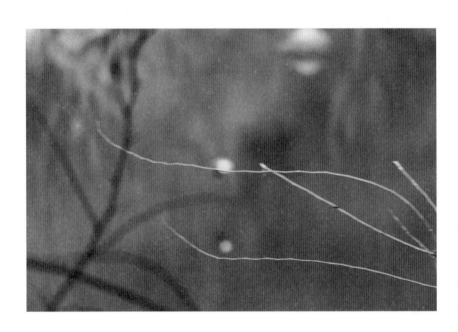

초가을, 서쪽

산 아래
동네가 참 좋습니다
벼 익은 논에 해 지는 모습도 그렇고
강가에 풀색도 참 곱습니다
나는 지금 해 지는 초가을
소슬바람 부는 산 아래 서 있답니다
산 아래에서 산 보며
두 손 편하게 내려놓고
맘이 이리 소슬하네요
초가을에는 지는 햇살들이 발광하는 서쪽이
좋습니다

초가을 편지

가을인갑다
외롭고, 그리고
마음이 세상의 깊이에 가닿길 바란다
바람이 지나는갑다
포플러 나뭇잎 부딪치는 소리가
어제와 다르다
우리들이 사는 동안
세월이 흘렀던 게지
삶이
초가을 풀잎처럼 투명해라

가을

가을입니다
해 질 녘 먼 들 어스름이
내 눈 안에 들어섰습니다
윗녘 아랫녘 온 들녘이
샛노랗게 눈물겹습니다
말로 글로 다할 수 없는
내 가슴속의 눈물겨운 인정과
사랑의 정감들을
당신은 아시는지요

해 지는 풀섶에서 우는
풀벌레들 울음소리 따라
길이 살아나고
먼 들 끝에서 살아나는
불빛을 찾았습니다

내가 가고 해가 가고 꽃이 피는
들길에서

저녁 이슬들이 내 발등을 적시는

이 아름다운 가을 서정을

당신께 드립니다

짧은 해

당신이
이 세상 어딘가에 있기에
세상은 아름답습니다

갈대가 하얗게 피고
바람 부는 강변에 서면
해는 짧고
당신이 그립습니다

저 들에 저 들국 다 져불겄소

날이면 날마다
내 맘은
그대 오실 저 들길에 나가
서 있었습니다
이 꽃이 피면 오실랑가
저 꽃이 피면 오실랑가
꽃 피고 지고
저 들길에 해가 뜨고
저 들길에서 해가 졌지요

그대 어느 산그늘에 붙잡힌
풀꽃같이 서 있는지
내 몸에 산그늘 내리면
당신이 더 그리운 줄을
당신은 아실랑가요

대체 무슨 일이다요
저 꽃들 다 져불면 오실라요

찬바람 불어오고

강물 소리 시려오면

내 맘 어디 가 서 있으라고

이리 어둡도록 안 온다요

나 혼자 어쩌라고

그대 없이 나 혼자 어쩌라고

저 들에 저 들국 지들끼리 다 져불겠소

해 지는 들길에서

사랑의 온기가 더욱더 그리워지는
가을 해거름 들길에 섰습니다
먼 들 끝으로 해가
눈부시게 가고
산그늘도 묻히면
길가의 풀꽃처럼 떠오르는
그대 얼굴이
어둠을 하얗게 가릅니다
내 안의 그대처럼
꽃들은 쉼 없이 살아나고
내 밖의 그대처럼
풀벌레들은
세상의 산을 일으키며 웁니다
한 계절의 모퉁이에
그대 다정하게 서 계시어
춥지 않아도 되니
이 가을은 얼마나 근사한지요
지금 이대로 이 길을

한없이 걷고 싶고
그리고 마침내 그대 앞에
하얀 풀꽃
한 송이로 서고 싶어요

나를 잊지 말아요

지금은 괴로워도 날 잊지 말아요
서리 내린 가을날
물 넘친 징검다리를 건너던
빨간 맨발을
잊지 말아요

지금은 괴로워도 날 잊지 말아요
달 뜬 밤, 산들바람 부는
느티나무 아래 앉아
강물을 보던 그 밤을
잊지 말아요

내 귀를 잡던 따스한 손길,
그대 온기 식지 않았답니다

나를 잊지 말아요

달

달이 무거운지
땅 가까이 내려왔다
폴짝 뛰면
네 얼굴이 만져질 것 같다

속눈썹

산그늘 내려오고
창밖에 새가 울면
나는 파르르
속눈썹이 떨리고
두 눈에
그대가 가득
고여온답니다

입맞춤

달이 환하게 떠올랐어요
그대 등 뒤 검은 산에
흰 꽃잎들이 날았습니다
검은 산속을 나와
달빛을 받은
감미롭고도 찬란한
저 꽃잎들
숨 막히고, 어지러웠지요
휘황한 달빛이야 눈 감으면 되지만
날로 커가는 저 달은
무엇으로 막는답니까

2

흰 손

해 지는 서산으로 간다
아름다워라
산그늘 속 흰 억새꽃에 나는
눈 못 뜨겠네
걸어온 길도 걸어갈 길도
해는 지고
산그늘 속 억새꽃
하얀 손짓에
어지러워라 눈 못 뜨겠네
내가 희게 부서지겠네

그랬어요

불 꺼진 방에 달빛은 가득했고
소쩍새는 밤새워 울고
강물은 내 시린 가슴에 길을 내며 흐르고
내 여자는 없고

먼 산

그대에게
나는 지금 먼 산입니다
산도 꽃 피고 잎 피는
산이 아니라
산국 피고 단풍 물든 산이 아니라
그냥 먼 산입니다
꽃 피는지
단풍 지는지
당신은 잘 모르는
그냥 나는 그대를 향한
그리운 먼 산입니다

바람

바람도 없는데
창문 앞
나뭇잎이 흔들리네요.

나를 안아주세요.

적막

한낮에 밤꽃 피더니
한밤에 달 뜨네
들판 가득 개구리 울어대고
검은 산은 일어서네
어지러워라 숨 막히겠네
쏟아지는 저 달빛
저 향기에 나는 쓰러지겠네
검은 산 하얀 달
저 달은 가며 날 보라 하고
어둔 산 하얀 달
저 꽃은 지면서
이 적막을 견뎌보라 하네
나 혼자 견뎌보라 하네

오늘 하루

날이 흐리다

눈이 오려나

네가

보고 싶다

산은 그려지리

이렇게 가을이 가는구나
아름다운 시 한 편도 없이
강가에 나가 기다릴 사랑도 없이
마른 가랑잎에서 뛰어내리는 햇살같이
가을이 가는구나

조금
더 가면
눈이 오리
먼 산에 기댄
그대 마음에
눈은 오리
산은
그려지리

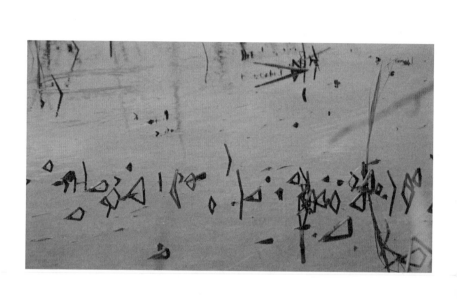

내 사랑은

아름답고 고운 것 보면
그대 생각납니다
이게 사랑이라면
내 사랑은 당신입니다

지금 나는 빈 들판
노란 산국 곁을 지나며
당신 생각입니다
이게 진정 사랑이라면
백 날 천 날 아니래도
내 사랑은 당신입니다

첫눈

까마득하게 잊어버렸던 이름 하나가
시린 허공을 건너와
메마른 내 손등을
적신다

단 한 번의 사랑

이 세상에
나만 아는 숲이 있습니다
꽃이 피고
눈 내리고 바람이 불어
차곡차곡 솔잎 쌓인
고요한 그 숲길에서
오래 이룬
단 하나
단 한 번의 사랑
당신은 내게
그런
사랑입니다

우화등선

산벚꽃 흐드러진

저 산에 들어가 꼭꼭 숨어

한 살림 차려 미치게 살다가

푸르름 다 가고 빈 삭정이 되면

하얀 눈 되어

그 산 위에 흩날리고 싶었네

그대 없을 때

그대 없이는 나 없는지
그대 없을 때 알았습니다
그대를 기다리는 동안
바람이 불고
새가 울었습니다
바람이 부는 그 길고 긴 시간,
그대를 기다리는 그 길고 긴 시간 동안
달이 뜨고
꽃이 피었습니다
꽃이 피고
달이 떠 있는
그 길고 긴 시간
꽃은 어이 그리 더디나 지고
둥근 달은
어찌 그리 오래
허공에 떠 있던지
그대를 기다리는
그 길고 긴 시간

그대 없이

나 없는지

그대 없을 때 알았습니다

오! 내 사랑

내 사랑 그 숲에 두고 왔네

오! 내 사랑 그 숲에 두고 왔네

봄비에 젖고 여름 햇살에 잎 무성하리

가을 달빛 빈숲에 차고 하얀 겨울 눈은 산을 그리리

내 사랑 그 강에 두고 왔네

오오! 내 사랑 그 강에 두고 왔네

굽이돌며 부서지는 흐르는 저 강에 두고 왔네

시린 가을 물소리 빈 들에 차고, 겨울 달빛 찬 산을 부르는 그 강에

내 사랑 시퍼렇게 흘려보내고 왔네

내 사랑, 오! 내 사랑 그리운 그 숲 그 강에 두고 나는
왔네

연애

해가 지면 나는 날마다 나무에게로 걸어간다
해가 지면 나는 날마다 강에게로 걸어간다
해가 지면 나는 날마다 산에게로 걸어간다
해가 질 때 나무와 산과 강에게로 걸어가는 일은 아름
답다 해가 질 때
사랑하는 사람을 그리워하며 사랑하는 사람에게로 산그
늘처럼
걸어가는
일만큼
아름다운
일은
세상에
없다

빗장

내 마음이
당신을 향해
언제 열렸는지
시립기만 합니다
가만히 있을 수 없어
논둑길을 마구 달려보지만
내달아도 내달아도
속 떨림은 멈추지 않습니다
하루 종일 시도 때도 없이
곳곳에서 떠올라
비켜주지 않는 당신 얼굴로
어쩔 줄 모르겠어요
무얼 잡은 손이 마구 떨리고
시방 당신 생각으로
먼 산이 다가오며 어지럽습니다
밤이면 밤마다
당신을 향해 열린
마음을 닫아보려고

찬바람 속으로 나가지만
빗장 걸지 못하고
시린 바람만 가득 안고
돌아옵니다

그이가 당신이에요

나의 치부를 가장 많이 알고도 나의 사람으로 남아 있는
이가 나를 가장 사랑하는 사람일 거라는 생각을 했어요

그 사람이 당신입니다

나의 부끄러운 죄를 통째로 알고 계시는 사람이 나를
가장 사랑하는 분일 터이지요

그분이 당신입니다

나의 아흔아홉 잘못을 전부 알고도 한 점 나의 가능성
을 그 잘못 위에 놓으시는 이가 가장 나를 사랑하는 이일
테지요

그이가 당신입니다

나는 그런 당신의 사랑이고 싶어요

당신의 한 점 가능성이 모든 걸 능가하리라는 것을

나는 세상 끝 날까지 믿을래요

나는,

나는 당신의 하늘에 첫눈 같은 사람입니다

그래서 당신

잎이 필 때 사랑했네

바람 불 때 사랑했네

물들 때 사랑했네

빈 가지 언 손으로

사랑을 찾아

추운 허공을 헤맸네

내가 죽을 때까지

강가에 나무, 그래서 당신

눈 내리기 전에

앞산에 고운 잎
다 졌답니다
빈산을 그리며
저 강에 흰 눈
내리겠지요

눈 내리기 전에
한번 보고 싶습니다

미처 하지 못한 말

살다가,
이 세상을 살아가시다가
아무도 없는
황량한 벌판이거든
바람 가득한 밤이거든
빈 가슴에
찬 서리 내리거든
살다가, 살아가시다가……

슬픔

외딴곳
집이 없었다
짧은 겨울날이
침침하였다
어디 울 곳이
없었다

그러면

바람 부는 나무 아래 서서
오래오래 나무를 올려다봅니다
반짝이는 나뭇잎 부딪치는 소리,

그러면,
당신은 언제나 오나요?

.

서시

세월이 가면

길가에 피어나는 꽃 따라

나도 피어나고

바람이 불면

바람에 흔들릴라요

세월이 가면

길가에 지는 꽃 따라

나도 질라요

강물은 흐르고

물처럼 가버린

그 흔한 세월

내 지나온 자리

뒤돌아다 보면

고운 바람결에

꽃 피고 지는

아름다운 강길에서

많이도 살았다 많이도 살았어

바람에 흔들리며

강물이 모르게
강물에 떨어져
나는 갈라요

3

섬진강 매화꽃을 보셨는지요

매화꽃 꽃 이파리들이
하얀 눈송이처럼 푸른 강물에 날리는
섬진강을 보셨는지요
푸른 강물 하얀 모래밭
날 선 푸른 댓잎이 사운대는
섬진강가에 서럽게 서보셨는지요
해 저문 섬진강가에 서서
지는 꽃 피는 꽃을 다 보셨는지요
산에 피어 산이 환하고
강물에 져서 강물이 서러운
섬진강 매화꽃을 보셨는지요
사랑도 그렇게 와서
그렇게 지는지
출렁이는 섬진강가에 서서
매화꽃 꽃잎처럼 물 깊이
울어는 보았는지요
푸른 댓잎에 베인
당신의 사랑을 가져가는

흐르는 섬진강 물에

서럽게 울어는 보았는지요

참 좋은 당신

어느 봄날
당신의 사랑으로
응달지던 내 뒤란에
햇빛이 들이치는 기쁨을
나는 보았습니다
어둠 속에서 사랑의 불가로
나를 가만히 불러내신 당신은
어둠을 건너온 자만이
만들 수 있는
밝고 환한 빛으로
내 앞에 서서
들꽃처럼 깨끗하게
웃었지요
아,
생각만 해도
참
좋은
당신

봄밤

말이 되지 않는
그리움이 있는 줄 이제 알겠습니다.
말로는 나오지 않는 그리움으로
내 가슴은 봄빛처럼 야위어가고
말을 잃어버린 그리움으로
내 입술은 바람처럼 메말라갑니다.
이제 내 피는
그대를 향해
까맣게 다 탔습니다.

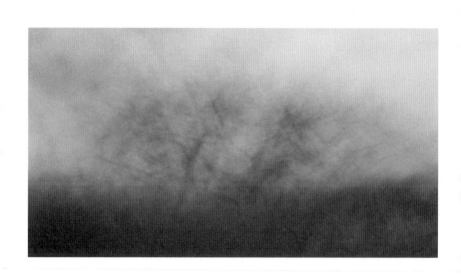

새잎

오늘이 어제인 듯 세월은 흐르는 물 같지만
새로 오는 봄
그대 앞에 서면 왜 이렇게 내 마음은
새잎처럼 피어나는지

어느 날인가 그 어느 봄날이던가
한 송이 두 송이 꽃 꺾으며 꽃 따라가다가
문득 고개 들어 나는 당신 안에 들어섰고
당신은 나에게 푸르른 나무가 되었습니다

오늘이 어제인 듯 세월은 자꾸 가지만
새로 오는 봄
그대 앞에 서면
새잎들은
왜 이렇게 만발해지는지

다 당신입니다

개나리꽃이 피면 개나리꽃 피는 대로
살구꽃이 피면은 살구꽃이 피는 대로
비 오면 비 오는 대로
그리워요
보고 싶어요
손잡고 싶어요
다

당신입니다

매화

매화꽃이 피면
그대 오신다고 하기에
매화더러 피지 말라고 했어요
그냥, 지금처럼
피우려고만 하라구요

지금

지금 내 곁을 스치는
작은 바람결에도 나는 당신을 봅니다.
봄바람인걸요.

지금 내 곁을 스치는
작은 바람결에도 나는 당신을 봅니다.
꽃이 핀걸요.

지금 내 곁을 스치는
작은 바람결에도 나는 쓰러졌습니다.
당신인걸요.

별일

양말도 벗었나요.
고운 흙을 양손에 쥐었네요.
등은 따순가요.
햇살 좀 보세요.
거참, 별일도 다 있죠.
세상에, 산수유 꽃가지가
길에까지 내려왔습니다.
노란 저 꽃 나 줄 건가요.
그래요.
다
줄게요.
다요, 다.

오월

연보라색 오동꽃 핀
저 화사한 산 하나를 들어다가
"이 산 너 다 가져" 하고
네 가슴에 안겨주고 싶다.

봄날

나 찾다가
텃밭에
흙 묻은 호미만 있거든
예쁜 여자랑 손잡고
섬진강 봄물을 따라
매화꽃 보러 간 줄 알그라.

선암사

그대 보고 싶은 마음 변할까봐 내 마음 선암사에 두고
왔지요

오래된 돌담에 기대선 매화나무 매화꽃이 피면 보라고

그 꽃 그림자가

죄도 많은 내 마음이라고

두고만 보라고

두고만 보라고

나비, 다음에 꽃

날아가는 나비

저기 어디선가 깜박 꺼지고

눈 비비며

산당화 한 송이

피네

그대에게 가는 길

사랑은
이 세상을 다 버리고
이 세상을 다 얻는
새벽같이 옵니다
이 봄
당신에게로 가는
길 하나 새로 태어났습니다
그 길가에는 흰 제비꽃이 피고
작은 새들 날아갑니다
새 풀잎마다
이슬은 반짝이고
길은 촉촉이 젖어
나는 맨발로
흙을 밟으며
어디로 가도
그대에게 이르는 길
이 세상으로 다 이어진
그 길을 갑니다

6월

하루 종일
당신 생각으로
6월의 나뭇잎에 바람이 불고
하루해가 갑니다
불쑥불쑥 솟아나는
그대 보고 싶은 마음을
주저앉힐 수가 없습니다
창가에 턱을 괴고
오래오래 어딘가를 보고
있곤 합니다
느닷없이 그런 나를 발견하고는
그것이
당신 생각이었음을 압니다
하루 종일
당신 생각으로
6월의 나뭇잎이
바람에 흔들리고
해가 갑니다

절정

세상의 가장 깊은 곳에서
세상의 가장 슬픈 곳에서
세상의 가장 아픈 곳에서
세상의 가장 어둔 곳에서
더 이상, 피할 수 없을 때

꽃은 핍니다.

거기 가고 싶어요

당신을 만나 안고 안기는 것이
꽃이고 향기일 수 있는
나라가 있다면
지금 그리로 가고 싶어요.

한낮의 꿈

깜박 속았지
한낮에 붉은 입술
땅이 푹 꺼졌어
눈 떠보니
가만히 닿던
그 서늘함
흔적 없었지
거짓말이었어
꿈이었지
한낮의 꿈
붉은 너의 입술
산을 열고 나와
돌을 쪼개고
너는
내 마음
어둔 곳에서
눈을 뜨는
한 송이 꽃이었네

그 꽃집에 그 꽃들

그대가 가만히 바라보는
그 꽃이 나여요
그 꽃이 나랍니다
웃어주세요
"여긴 사람이 없네"
그 강길 호젓한 산길 모퉁이 돌아서며
입 맞출 때, 눈이 감겨오던 그때,
물에 내리는 물오리 소리 가만히 들렸지요
사랑합니다
그대가 지금 가만히 바라보는
그 꽃이 나랍니다
그 꽃집에
그 꽃들

웃어주세요

만화방창

내 안

어느 곳에

이토록 뜨겁고 찬란한 불덩이가 숨어 있었던가요

한 생을 피우지 못하고 캄캄하던 내 꽃봉오리,

꽃잎이 다 열렸답니다

그
밤

그
곳

그대
앞에서

그 나무

꽃이 진다
새가 운다

너를 향한 이 그리움은 어디서 왔는지
너를 향한 이 그리움은 어디로 갈는지

꽃잎은 바람에 날리고
사랑에는 길이 없다

나는 너에게 눈멀고
꽃이 지는
나무 아래에서 하루해가 저물었다

그대, 거침없는 사랑

아무도 막지 못할
새벽처럼
거침없이 달려오는
그대 앞에서
나는
꼼짝 못하는
한 떨기 꽃으로 핍니다
몰라요 몰라
나는 몰라요
캄캄하게
꽃 핍니다

속 두고 한 말

꽃집에 가서
그대가 꽃을 보며 묻는다
이 꽃이 예뻐
내가 예뻐
참 내, 그걸 말이라고 해

당신이 천 배 만 배 더 예쁘지

꽃 한 송이

간절하면
가닿으리
너는 내 생각의 끝에
아슬아슬 서 있으니
열렬한 것들은
꽃이 되리
이 세상을 다 삼키고
이 세상 끝에
새로 핀
꽃 한 송이

초봄

오늘은 하루 종일 산중에 봄비입니다

문 열면 그대 가듯 가만가만 가고
문 닫으면 그대 오듯 가만가만 옵니다
문 닫으면 열고 싶고
문 열면 닫고 싶고
그 두 맘이 반반입니다

한 맘이 반을 넘어
앞산 뒷산 산산이 다 초록이 되어버리고
그대가 내 맘 안과 밖에서 빨리
미워졌으면 좋겠습니다

내 맘은 지금 비 지나는
물 위 같습니다
자꾸 동그라미가 그대 얼굴로
죽고 삽니다

오늘은 비 곁을 서성여도 젖지 않는
산중에 오락가락 봄비였습니다

우리의 봄

어제는 하루 종일
봄이 오는, 봄비였습니다.
돋아나는 풀잎 끝에 가닿는 빗방울들
나는 당신의 발걸음 같은 빗줄기 곁을
가만가만 지나다녔습니다.

이 세상에 메마른 것들이 다 젖어서
이 세상의 맺힌 것들이 다 풀어지고
마음 환한 하루였습니다. 어제는 정말

당신이, 이 세상에서
가장 고운 당신이 푸른 맨발로
지구를 가만가만 돌아다니고
내 마음에서는 풀잎들이
자랐답니다. 정말이지

어제는
옥색 실 같은 봄비가 가만가만 풀어지는

봄이 오는,
우리의 봄날이었습니다.

그리운 꽃 편지

봄이어요

바라보는 곳마다 꽃은 피어나며 갈 데 없이 나를 가둡니다 숨 막혀요 내 몸 깊은 데까지 꽃빛이 파고들어 내 몸은 지금 떨려요 견디기 힘들어요

이러다가는 나도 몰래 나 혼자 쓸쓸히 꽃 피겠어요 싫어요 이런 날 나 혼자 꽃 피긴 죽어도 싫어요

꽃 지기 전에 올 수 없다면 고개 들어 잠시 먼 산 보셔요 꽃 피어나지요 꽃 보며 스치는 그 많은 생각 중에서 제 생각에 머무셔요 머무는 그곳, 그 순간에 내가 꽃 피겠어요 꽃들이 나를 가둬, 갈 수 없어 꽃그늘 아래 앉아 그리운 편지 씁니다 소식 주셔요

만월

그래, 알았어

그래, 그렇게

나도…… 응

그래